ElfQuest

Zeit der Träume

von Wendy und Richard Pini

Farben: Timothy Georgi

CARLSEN VERLAG

Besuchen Sie die Wolfsreiter im Internet: www.elfquest.de

Gedruckt auf chlorfrei gebleichtem Papier

CARLSEN COMICS
1 2 3 4 03 02 01 00

Aus dem Amerikanischen von Hartmut Klotzbücher
DREAMTIME, PARTS 4 - 6

Redaktion: Hartmut Klotzbücher und Laura Leintz
Lettering: Michael Beck
Herstellung: Wiebke Düsedau und Bettina Oguamanam
Druck und buchbinderische Verarbeitung:
Westermann Druck Zwickau GmbH

ISBN 3-551-74082-8
Printed in Germany

Carlsen im Internet: **http://www.carlsen.de**
Elfquest im Internet: **http://www.elfquest.de**

AUF DER WELT DER ZWEI MONDE NAHT EIN NEUER TAG.
DOCH DER ZARTE SCHIMMER IM WASSER NAHE DER KÜSTE KOMMT NICHT VOM HORIZONT, SONDERN VON DER AURA DES PALASTES UNTER DEN WOGEN.
IN SEINEM MAGISCHEN SCHILD TRÄGT ZHANTEE VENKA ZUR PFORTE DES KRISTALLENEN GEBILDES...
ALS ICH DEINEN TRAUM HÖRTE, FIELEN MIR TEILE MEINES EIGENEN WIEDER EIN, GELIEBTER. DAS IST UNGEWÖHNLICH.
ICH BIN FROH, DASS WERFER DIESES TRAUMSAMMELSPIEL ANGEFANGEN HAT.
SONST HÄTTE ICH MICH NIEMALS GETRAUT, LEETAH ZU GESTEHEN, DASS...
DREAMTIME PATH

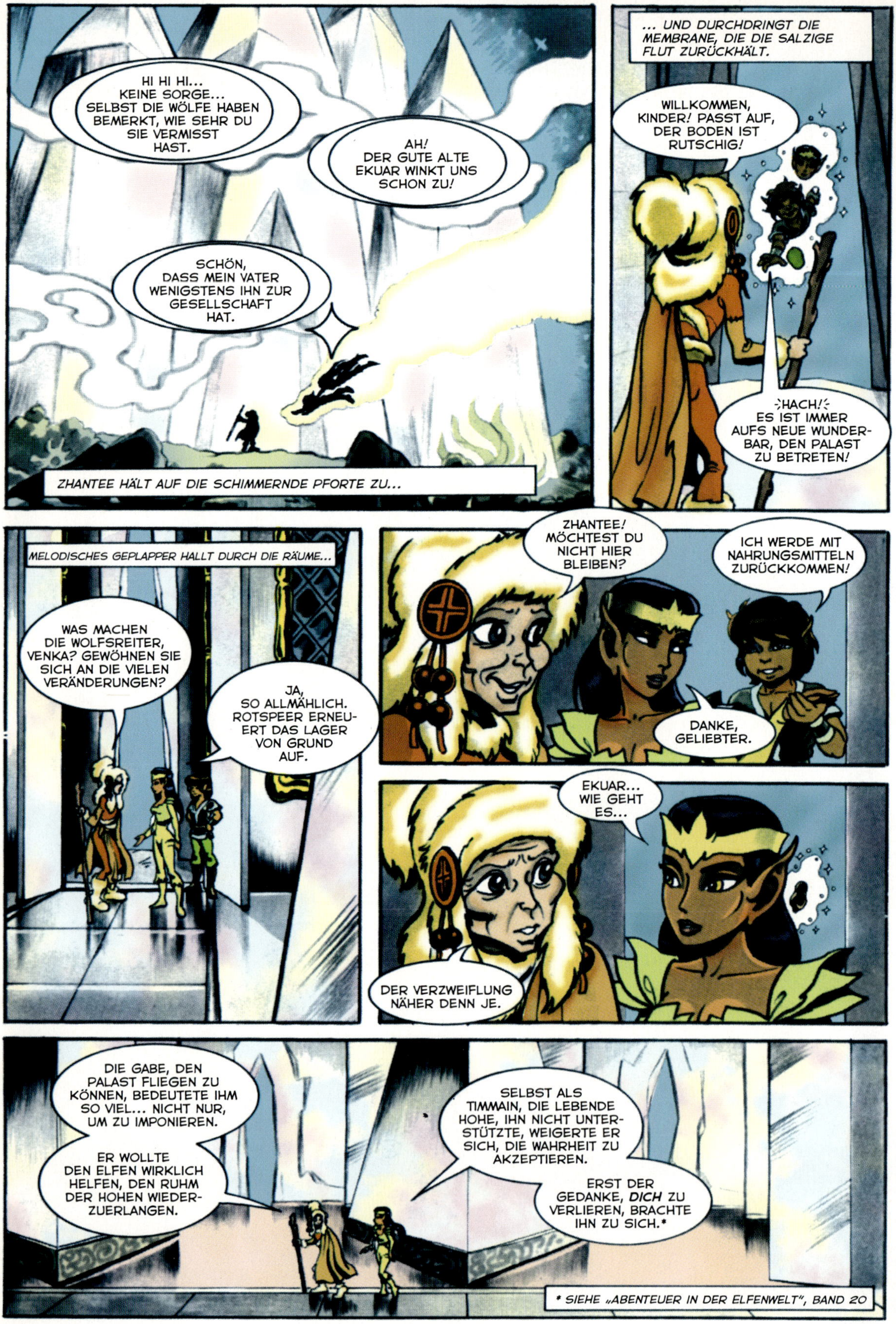
HI HI HI... KEINE SORGE... SELBST DIE WÖLFE HABEN BEMERKT, WIE SEHR DU SIE VERMISST HAST.
AH! DER GUTE ALTE EKUAR WINKT UNS SCHON ZU!
SCHÖN, DASS MEIN VATER WENIGSTENS IHN ZUR GESELLSCHAFT HAT.
ZHANTEE HÄLT AUF DIE SCHIMMERNDE PFORTE ZU...
... UND DURCHDRINGT DIE MEMBRANE, DIE DIE SALZIGE FLUT ZURÜCKHÄLT.
WILLKOMMEN, KINDER! PASST AUF, DER BODEN IST RUTSCHIG!
HACH! ES IST IMMER AUFS NEUE WUNDERBAR, DEN PALAST ZU BETRETEN!
MELODISCHES GEPLAPPER HALLT DURCH DIE RÄUME...
WAS MACHEN DIE WOLFSREITER, VENKA? GEWÖHNEN SIE SICH AN DIE VIELEN VERÄNDERUNGEN?
JA, SO ALLMÄHLICH. ROTSPEER ERNEUERT DAS LAGER VON GRUND AUF.
ZHANTEE! MÖCHTEST DU NICHT HIER BLEIBEN?
ICH WERDE MIT NAHRUNGSMITTELN ZURÜCKKOMMEN!
DANKE, GELIEBTER.
EKUAR... WIE GEHT ES...
DER VERZWEIFLUNG NÄHER DENN JE.
DIE GABE, DEN PALAST FLIEGEN ZU KÖNNEN, BEDEUTETE IHM SO VIEL... NICHT NUR, UM ZU IMPONIEREN.
ER WOLLTE DEN ELFEN WIRKLICH HELFEN, DEN RUHM DER HOHEN WIEDERZUERLANGEN.
SELBST ALS TIMMAIN, DIE LEBENDE HOHE, IHN NICHT UNTERSTÜTZTE, WEIGERTE ER SICH, DIE WAHRHEIT ZU AKZEPTIEREN.
ERST DER GEDANKE, DICH ZU VERLIEREN, BRACHTE IHN ZU SICH.*
* SIEHE „ABENTEUER IN DER ELFENWELT", BAND 20

GLEICH DARAUF...
RAYEK...?
SIE TREIBT NUR, SCHWEBT... ZEIGT KEINE WILLENTLICHE BEWEGUNG, KEINEN AUSDRUCK.
ÄHEM VATER...?
DU WEISST NICHT, WIE SCHLIMM DAS IST, VENKA. MAN KANN VIEL ÜBER WINNOWILL SAGEN...
... ABER WIE SIE AUCH WAR, SIE WAR VOR ALLEM VOLLER LEBEN.
WANN WIRD SIE ZU MIR ZURÜCK-KEHREN?
ICH MUSS DICH ETWAS FRAGEN.
ZEICHNET DIE ROLLE DER FARBEN AUCH TRÄUME AUF?

-SEUFZ- DAS KANN ICH DIR NICHT SAGEN.
ICH HABE DIE FÄHIGKEIT VERLOREN, SIE ZU LESEN.
WARUM FRAGST DU?
WÄHREND WIR IN DEN KOKONS DER BEWAHRER SCHLIEFEN, WAR UNSER GEIST NICHT IMMER UNTÄTIG.
WERFER SAMMELT UNSERE TRÄUME. ER GLAUBT, SIE SEIEN MITEINANDER VERBUNDEN.
ICH DACHTE, VIELLEICHT KÖNNTE DIE ROLLE UNS DIESE VERBINDUNG ZEIGEN UND DIE WEISHEIT, DIE DAHINTER STECKT.
ERKLÄR MIR EINS...
WIE KONNTE SCHNITTER EUCH ALLE DAZU ÜBERREDEN, EINEN GROSSEN TEIL EURES LEBENS ZU VERSCHLAFEN... *UM SEINETWILLEN*?!
DAS HAT ER NICHT. WIR *WOLLTEN* ES.
WIR LIEBEN IHN NÄMLICH.
IM JETZT ZU LEBEN ODER UNSTERBLICH ZU SEIN, IST PRAKTISCH DAS GLEICHE.
DAS VERGEHEN DER ZEIT HAT IN BEIDEN FÄLLEN KEINE BEDEUTUNG...
... AUSSER FÜR SCHNITTER.

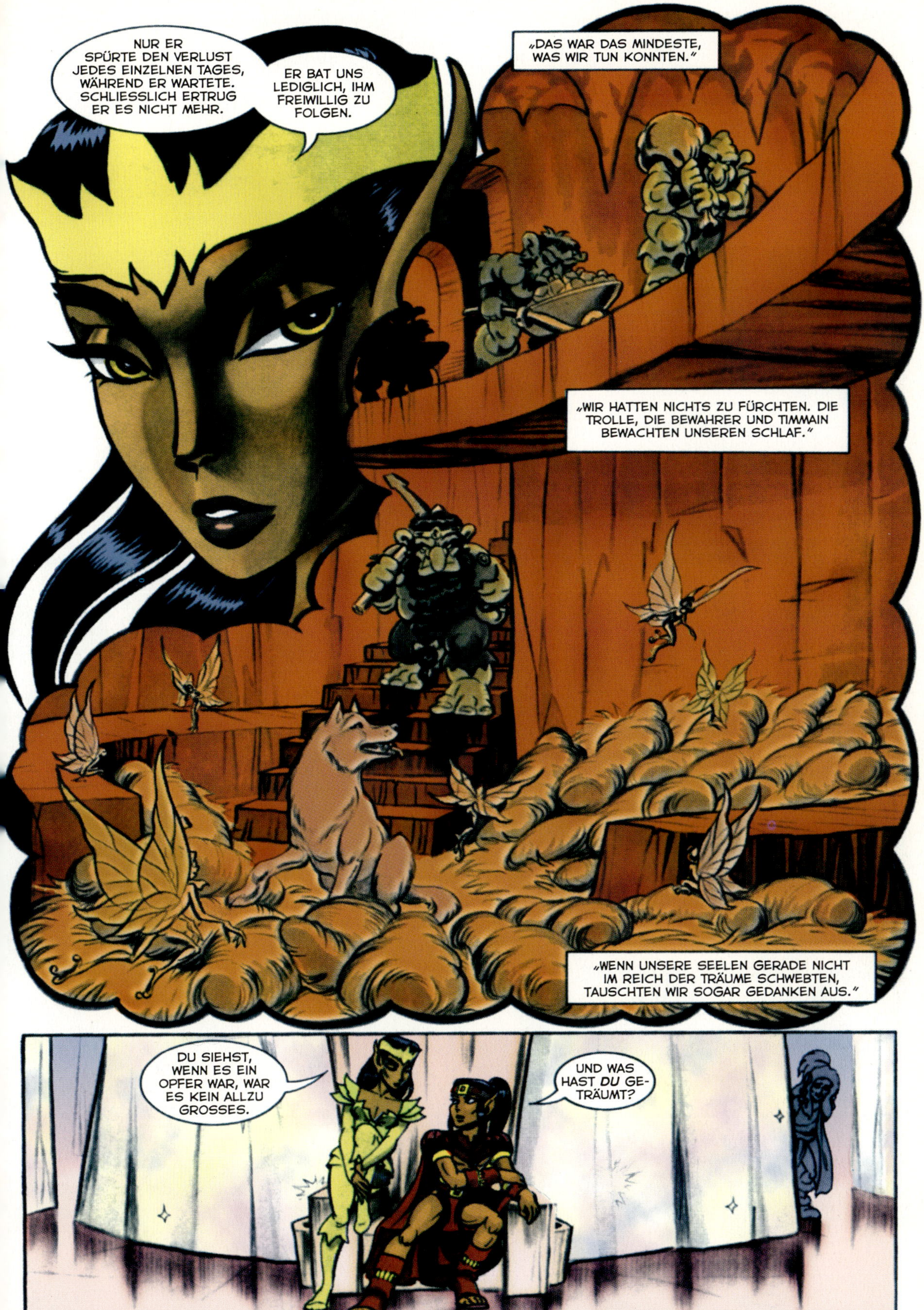
NUR ER SPÜRTE DEN VERLUST JEDES EINZELNEN TAGES, WÄHREND ER WARTETE. SCHLIESSLICH ERTRUG ER ES NICHT MEHR.
ER BAT UNS LEDIGLICH, IHM FREIWILLIG ZU FOLGEN.
„DAS WAR DAS MINDESTE, WAS WIR TUN KONNTEN."
„WIR HATTEN NICHTS ZU FÜRCHTEN. DIE TROLLE, DIE BEWAHRER UND TIMMAIN BEWACHTEN UNSEREN SCHLAF."
„WENN UNSERE SEELEN GERADE NICHT IM REICH DER TRÄUME SCHWEBTEN, TAUSCHTEN WIR SOGAR GEDANKEN AUS."
DU SIEHST, WENN ES EIN OPFER WAR, WAR ES KEIN ALLZU GROSSES.
UND WAS HAST *DU* GETRÄUMT?

HMM... ES IST NICHT EINFACH, TRÄUME UND UNKLARE ERINNERUNGSFETZEN AUSEINANDER ZU HALTEN.
ABER MEIN ÄLTESTER ALBTRAUM, SO KURZ ER AUCH IST, KEHRT IMMER WIEDER.
„ZUERST HÖRE ICH EIN DUMPFES DONNERN, DAS IRGENDWO DRAUSSEN TOBT...“
„DANN SEHE ICH MIT DEN AUGEN EINES KLEINKINDS EINE SCHRECK-LICHE BEDROHUNG VON OBEN.“
„MEINE KLEINE HÄNGEMATTE SCHAUKELT WILD. HOLZSTÜCKE, LEHMBROCKEN UND STEINE REGNEN AUF MICH HERAB...“
„UND NIEMAND KOMMT MIR ZU HILFE, OBWOHL ICH UM MEIN LEBEN BRÜLLE!“
„DAS IST ALLES. EIN SEHR REALER TRAUM...“

ICH... GLAUBTE, DU SEIST TOT! DEINE VERFLUCHTE MUTTER, KAHVI, HATTE ES BEHAUPTET!*
*SIEHE „ABENTEUER IN DER ELFENWELT", BAND 16
ALSO HAST DU DAS LAGER ZERSTÖRT... IN DEM ICH LAG!
BEIM TAGESSTERN! HABE ICH DENN ALLES FALSCH GEMACHT?
VENKA...
SCHON GUT. ICH GLAUBE NICHT, DASS DIESER ALBTRAUM WIEDERKEHRT.
DASS DU KAHVI SO SEHR HASST... DIE SCHNEEELFEN VERTRIEBEN HAST... SELTSAM...
FÜR DICH IST ALL DAS NICHT LANGE HER. ABER ICH ERINNERE MICH KAUM NOCH AN DAS GESICHT MEINER MUTTER, AUSSER...
... WENN ICH MEIN SPIEGELBILD SEHE.
„TATSÄCHLICH IST DIESE MUTIGE KRIEGERIN AUS DEN EISBERGEN NUR MEINE EINE HÄLFTE. WÄRME UND ZUNEIGUNG EMPFING ICH NICHT VON IHRER BRUST, DIE IN KALTEN STAHL GEHÜLLT WAR..."
„SIE STAMMEN VON MEINER ANDEREN HÄLFTE, AUS DER WÜSTE. EIN STETIG BRENNENDES FEUER DER WEISHEIT UND INNERER KRAFT, KONTROLLIERT UND NUTZBRINGEND."

„IN MEINEM TRAUM REICHT MIR DIE MUTTER DER ERINNERUNG IHRE HAND UND ICH NEHME SIE AN."
„SANFT, ABER BESTIMMT DRÄNGT SIE DIE BRÜLLENDE BERSERKERIN ZURÜCK, DIE MEIN HERZ ZU EIS VERWANDELT, UND MICH ZUM WERKZEUG IHRER RACHE MACHEN WILL."
„WIR BERÜHREN UNS. ICH TRAGE DAS GLEICHE GEWAND WIE SIE UND TEILE AUCH IHRE INNERE RUHE. WEISHEIT STRÖMT IN MEINE SEELE, ENDLOS WIE DIE STRAHLEN DER SONNE."
„ICH WEISS, DASS DER ORT, WO WIR STEHEN, DIE BRÜCKE DES SCHICKSALS IST. SIE BESTEHT AUS FLAMMEN, DIE MEINE KNÖCHEL UMZÜNGELN, OHNE MICH ZU VERBRENNEN."

„PLÖTZLICH HÖRE ICH DIE STIMME MEINER MUTTER, DIE MICH BEIM NAMEN RUFT. EIN EISIGER WIND WEHT ÜBER MEINEN RÜCKEN."
„WIE HELDENHAFT SIE ERSCHEINT... WIE ENTSCHLOSSEN! SIE ZIEHT MICH AN. SIE HAT GELERNT, WIE SIE VON MIR BEKOMMT, WAS SIE WILL."
„ICH WENDE MICH UM, UM IHR IN DIE AUGEN ZU BLICKEN. WO IHR FUSS DIE BRÜCKE BERÜHRT, BILDET SICH EIS, DAS SICH ZU SCHNEEBE-DECKTEN GIPFELN FORMT."
„HINTER IHR ERSCHEINEN UNDEUTLICHE GESTALTEN, ZWEIFELLOS SCHNEEELFEN, DIE JEDE IHRER BEWEGUNGEN AUFMERKSAM VERFOLGEN."
„MUTTER REICHT MIR IHR SCHWERT UND IHREN SCHILD."

„... UND ICH, IN MEINEM ZARTEN GEWAND EINER SONNENDÖRFLERIN, ERHEBE MICH DAMIT VON DER BRÜCKE IN DIE LUFT!"
„DER SCHILD, DEN ICH VON NUN AN BEI MIR TRAGEN SOLL, IST SCHWERELOS. ER STRAHLT IN EINEM HELLEN LICHT UND ER WIRD MICH OHNE ZWEIFEL IMMER SCHÜTZEN."
„DAS SCHWERT, EBENSO SCHWERELOS, IST EIN DURCHSICHTIGER EISSPLITTER, SO KLAR UND KÜHL WIE DIE VERNUNFT."
„SO BEWAFFNET, ERHEBE ICH MICH WEIT ÜBER DIE JUBELNDEN SCHNEEELFEN... ZWISCHEN DENEN ICH AUCH EINZELNE WOLFSREITER ERKENNE."

NATÜRLICH ERHEBST DU DICH ÜBER SIE. JEDER NARR SIEHT, DASS...
VATER... NICHT!
DU WEISST, WOHIN SOLCHE GEDANKEN FÜHREN.
... JA. ICH HABE NUR DAS OFFENSICHTLICHE GESEHEN. SICHER HAT DEIN TRAUM EINE SUBTILERE BEDEU-TUNG.
ABER ICH KENNE DICH KAUM, VENKA. ICH...
WEITER, BRAUNHAUT! SAG ES!
ICH HOFFE, DEINE BEGEGNUNG MIT MIR HAT DEIN HERZ NICHT IN VERWIRRUNG GESTÜRZT.
NEIN, SIE HAT DIE VERWIRRUNG BESEITIGT.

WENIG SPÄTER, IM LAGER...
ERSTAUNLICH... VENKA KANN SELBST VON UNTER DEM MEER SENDEN.
INTERESSANTER TRAUM!
WIR HABEN SIE ALS EINE DER UNSEREN AUFGEZOGEN. ABER SIE WAR NIE WIRKLICH WIE WIR.
UND DOCH IST SIE MEHR WOLFSREITER, ALS SIE SELBST WEISS.
WAS, LIEBSTE?
ACH, DU WEISST DOCH...
UND ZWAR NUR DU. NIEMANDEM SONST HABE ICH ERZÄHLT, WIE KAHVI MEINEN SCHLAF UNTERBROCHEN HAT.*
... NOCH NICHT.
*SIEHE „ELFQUEST: KAHVI" - DEMNÄCHST IN DIESER REIHE.
DIE SONNE IST SCHON AUFGEGANGEN, FREUNDE.
WIR SOLLTEN WERFERS KLEINES SPIELCHEN UNTERBRECHEN UND UNS ETWAS SCHLAF GÖNNEN.
HOFFENTLICH DIESMAL OHNE TRÄUME!

ROTSPEER... ABENDROT...
KOMMT IHR MIT ZU UNS?
OH! WIR WOLLEN EUCH NICHT STÖREN, LEETAH!
DU BIST ERST SO KURZ WIEDER MIT SCHNITTER ZUSAMMEN...
HEY! IHR SEID AUCH MEINE FAMILIE.
UND MEINE. BITTE SEID UNSERE GÄSTE.
ÄHEMM! ICH GLAUBE, DIE FELLE RUFEN WIRKLICH!
UND...
SCHAU AN! SCHNITTER FLIEGT MUNTER WIE EIN BEWAHRER VON AST ZU AST!
HA HA HA! SEID IHR SO MÜDE? IHR KLETTERT WIE BAUMFLINKCHEN-BABYS!
SKSSHH!
CREAK!

WHISSHH!
ICH HÄTTE NICHT GEDACHT, IHN JE WIEDER SO ZU ERLEBEN!
WIE KÖNNTE ICH EIN GEHEIMNIS LÜFTEN, DAS SEINE SORGEN WIEDER WECKT?
THUMPF!
DOCH ZWISCHEN LIEBEVOLLEN FREUNDEN KANN KEIN GEHEIMNIS LANGE VERBORGEN BLEIBEN...
ALSO FLIESST IN DEN ADERN DER SCHNEEELFEN VON ZWEISPEERS ZEIT HER EIN TROPFEN WOLFSBLUT... SO DÜNN, DASS NIEMAND VON UNS ES SPÜRTE.
WIE KANN ICH DIR DANKEN, ABENDROT? DU HAST SCHNITTER AN MEINER STATT VOR KAHVIS GIER GERETTET.
DAS WAR DOCH SELBSTVERSTÄNDLICH.
LEBENSGEFÄHRTEN... GELIEBTE... STAMMESGENOSSEN... FÜR MICH IST DAS DASSELBE. ICH WÜRDE ALLES FÜR EUCH TUN...
... SO LANGE ICH ES KANN.
ENDE DES 4. TEILS

ALS DER ABEND ÜBER DEM LAGER AM DORNENBERG HEREINBRICHT, WERDEN DIE NACHTAKTIVEN WOLFSREITER MUNTER...
DIE SANFTMÜTIGE TOCHTER VON ABENDROT UND ROTSPEER, DIE LANGE VOR IHREN ELTERN AUFGESTANDEN IST, KÜMMERT SICH UM DIE JÜNGSTEN MITGLIEDER DES STAMMES.
SCHAU, TYLEET! DIE MONDBRÜTER SIND ENDLICH DA!
WAAK WAAAK WAK WAK
SO KLEIN UND SO TAPFER! HÖRT, IHRE MUTTER RUFT NACH IHNEN!
OH-OH-OH!
SEHT! DAS ERSTE MACHT SICH ZUM SPRUNG BEREIT!
DREAMTIME Pt 5
PSST, FÜNKCHEN! DU ERSCHRECKST SIE!
AH! WAS FÜR EIN ANBLICK!

PEEP PEEP PEEP PEEP PEEP
„SIE SAMMELN ALL IHREN MUT FÜR DIESEN ERSTEN, SCHRECKLICHEN SPRUNG!"
AYOOAH!
GUT GEMACHT!
KWOK KWOK KWOK
PLUNK!
PLOPP!
KERPLUNK!
VIER... FÜNF... SECHS...
PUH!
ALLE DA!
SONNENSTRAHL!
EIN SCHWERER START INS LEBEN, NICHT?
JA, ABER IHRE MUTTER IST STOLZ AUF SIE! SIE HABEN STÄRKE GEZEIGT!
PEEP PEEP PEEP
SPLOOSH!
EINE MUTTER IST IMMER STOLZ AUF IHRE KINDER!
OB SIE ANFANGS HILFLOS SIND ODER NICHT, SIE WIRD IHR LEBEN FÜR SIE EINSETZEN...

... BIS SIE KEINE KINDER MEHR SIND, SONDERN FREUNDE!
TROTZDEM NIMMT IHRE MUTTER SIE GERN AB UND ZU UNTER IHRE FITTICHE!
ES WIRD ZEIT!
OOOWWWOOOOOOOOOOO!
DIE JAGDGEFÄHRTEN, DIE ABENDROT SICH ERWÄHLT HAT, FOLGEN SCHNELL IHREM RUF.
HECHEL HECHEL
WUFF!
IGITT!!
DAS IST JA SCHLIMMER DENN JE!
WORIN, IN TIMMORNS NAMEN, HAST DU DICH GEWÄLZT?
WEN MEINST DU, ABENDROT?
DEINEN WOLF?
ODER MICH?
SCHNÜFF SCHNÜFF
ICH WEISS NICHT RECHT, WERFER!
WAS SOLL'S... BALD RIECHEN WIR ALLE SO!
HI HI HI...
ALLER-DINGS!
LOS!

ÜBRIGENS...
... DU BIST NIE DAZU GEKOMMEN, DEINEN TRAUM ZU ERZÄHLEN.
DANN BIN ICH JETZT DOCH ENDLICH MAL DRAN, JA?
TUT MIR LEID...
NEIN!
SO HATTE ICH ZEIT, NACHZU-DENKEN.
NACHDEM ICH DIE ANDEREN TRÄUME KENNE, SEHE ICH, WIE MEINER DAZU PASST.
„ICH HABE IM SCHLAF OFT DIE GLÜCKLICHE ZEIT WIEDER ERLEBT, ALS TYLEET UND VENKA NOCH KLEIN WAREN."
„IN MEINEN TRÄUMEN IST UNSER LAGER NOCH WUNDERVOLLER, DIE BÄUME SIND HÖHER, DIE BLUMEN STRAHLEN..."
„... WENN AUCH NICHT SO SEHR WIE DAS LÄCHELN DER MEINEN."
„DANN KOMMT ROTSPEER MIT EINER EINZELNEN, TRAURIGEN, VERWELKTEN BLUME ZU MIR."
„ER GEBRAUCHT SEINE BAUMFORMERFÄHIGKEITEN..."

„... UND LÄSST DIE BLUME WIEDER AUFBLÜHEN UND WACHSEN, GENÄHRT DURCH UNSERE LIEBE..."
„... BIS SIE EINE BEKANNTE GESTALT ANNIMMT: DIE VON..."
„... SCHNITTER!"
„SEINE NEU GEWONNENE KRAFT FÄHRT WIE SANFTES HIMMELSFEUER DURCH DAS LAGER UND GIBT ALLEM LEBENDIGEN NEUE ENERGIE... SIE VEREINT UNS ALLE IM WEG."
„MIT UNSEREM ANFÜHRER ERBLÜHT DER GANZE STAMM."

„ES IST WUNDERVOLL, IHM MIT LEIB UND SEELE ALS FREUNDE ZUR SEITE ZU STEHEN."
„DOCH DANN..."
„... SCHLEICHT EIN FINSTERER SCHATTEN AUS DEM WALD, DER DEN GLANZ UNSERES FRIEDENS TRÜBEN WILL."
„ICH KENNE DIESEN SCHATTEN. ER LECHZT NACH DEM, WAS WIR BESITZEN."
„UND SEINE AUGEN SIND BLIND FÜR DAS GRAUEN, DAS DIE BEFRIEDIGUNG SEINER GELÜSTE UNS BRINGEN WIRD."
„DER KALTE, GIERIGE SCHATTEN ENTZIEHT SCHNITTER ALL SEINE KRAFT UND ZIEHT IHN AN..."
„... FORT VON UNS."

„DER WALD UM MICH HERUM VERBLASST, UND EBENSO DER WEG."
„MEINE KINDER, MEIN ANFÜHRER, MEIN GEFÄHRTE WERDEN VON DEM UNERSÄTTLICHEN SCHATTEN VERSCHLUNGEN!"
„NEIN! NICHT, SOLANGE MEIN ARM EINEN EINZIGEN, GUT GEZIELTEN SCHUSS ABFEUERN KANN!"
„MEIN PFEIL ZERREISST DAS HERZ DES DÜSTEREN ETWAS."
„DOCH ANSTELLE EINES TODESSCHREIS ERTÖNT..."
„... EIN *LACHEN!*"
„DIE FETZEN DES SCHATTENS FORMIEREN SICH NEU. UND ICH ERKENNE AUCH *DIESE* GESTALTEN."
HA HA HA HA HA HA
„ES SIND DIE *LIEBLOSEN* UNSERES VOLKES, DIE ANDERE NUR *BENUTZEN*..."

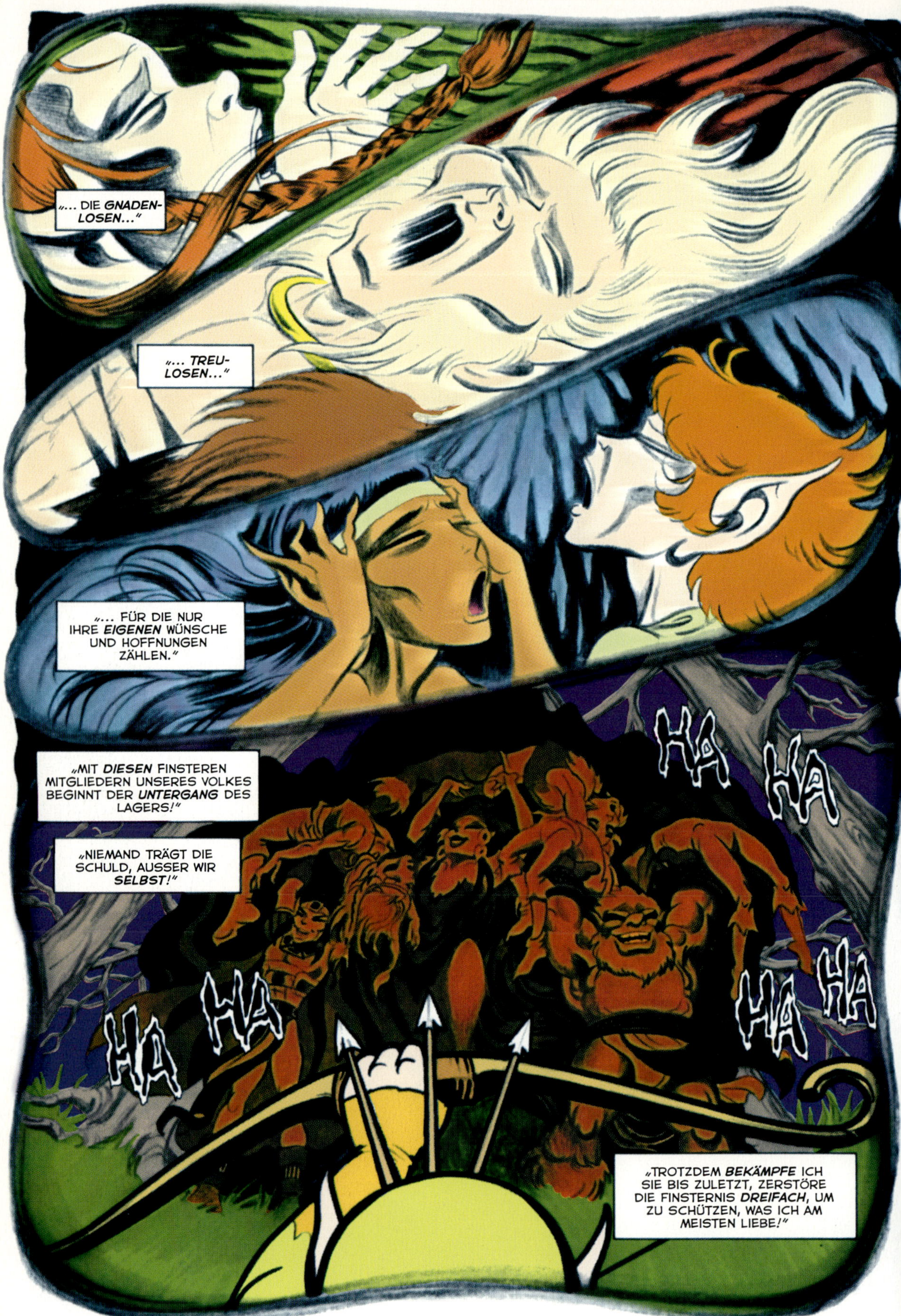
„... DIE GNADENLOSEN..."
„... TREULOSEN..."
„... FÜR DIE NUR IHRE EIGENEN WÜNSCHE UND HOFFNUNGEN ZÄHLEN."
„MIT DIESEN FINSTEREN MITGLIEDERN UNSERES VOLKES BEGINNT DER UNTERGANG DES LAGERS!"
„NIEMAND TRÄGT DIE SCHULD, AUSSER WIR SELBST!"
HA HA
HA HA
HA HA
„TROTZDEM BEKÄMPFE ICH SIE BIS ZULETZT, ZERSTÖRE DIE FINSTERNIS DREIFACH, UM ZU SCHÜTZEN, WAS ICH AM MEISTEN LIEBE!"

„DREI PFEILE FLIEGEN."
„UND ALLE DREI TREFFEN IHR ZIEL."
„DIE VERWUNDETEN FINSTERLINGE ZIEHEN SICH MIT DEN RESTEN MEINER FAMILIE UND VENKAS ZURÜCK."
„EIN HAUFEN MENSCHEN STELLT SICH MIR IN DEN WEG... WIE AASVÖGEL FALLEN SIE ÜBER DIE LETZTEN DÜRREN ÄSTE MEINES HEIMES HER."
„ABER ICH GEBE NICHT AUF!"
„ICH NEHME DIE VERFOLGUNG AUF, BRECHE DURCH DIE MEUTE DER PLÜNDERN-DEN MENSCHEN..."
„... MITTEN HINEIN IN DIE TIEFSTE, KÄLTESTE *LEERE*, DIE ICH JE ERLEBTE!"

„ROTSPEER...!"
„SCHNITTER...!"
„KINDER!"
„PLÖTZLICH BIN ICH IM LAGER DER SCHNEEELFEN, UND MIR GEGENÜBER DIE LIEBLOSEN, DIE IHREN OPFERN DIE SEELEN AUSGESAUGT HABEN, UM SICH SELBST WIEDERHERZUSTELLEN!"
„HIER MUSSTE ROTSPEER WÄHREND DES KAMPFES UM DEN PALAST GANZ ALLEINE KÄMPFEN, WEIL ICH NICHT DA WAR, UM IHM ZU HELFEN."*
„DOCH *JETZT* BIN ICH DA!"
*SIEHE „ABENTEUER IN DER ELFENWELT", BAND 10

„UND FÜR DAS, WAS SIE MEINEM LEBENSGEFÄHRTEN, DEM WAHRER DES LAGERS..."
„... SCHNITTER, DEM WAHRER DES WEGES..."
„... UND UNSEREN KINDERN, DEN WAHRERN UNSERER ZUKUNFT, ANGETAN HABEN..."
„... WERDE ICH GRAUSAM *RACHE* ÜBEN!"
„WINNOWILL...!"
„RAYEK...!"
„ZWEI-SCHNEID...!"
„... UND DU, DIE DU GIERIG IM SCHATTEN LAUERST...!"

„ICH WERDE EUCH VERNICHTEN!"
„MEIN KÖCHER IST UNERSCHÖPFLICH... MEINE PFEILE PRASSELN WIE EIN TODBRINGENDER HAGEL...!"
HA HA
HA HA
„DOCH DAS AUFREIZENDE GELÄCHTER VERSTUMMT NICHT!"
HA HA
HA HA
„DIE SCHATTEN WACHSEN WEITER AN, WÄHREND IHRE OPFER ZU EINEM NICHTS SCHRUMPFEN."
„WIE KANN ICH SIE RETTEN?!"
„WIE?!!"

„DANN SEHE ICH DIE ANTWORT, KLAR WIE EIN TAUTROPFEN. WARUM IST MIR DAS NICHT EHER EINGEFALLEN?!"
„DER SIEG ERSCHEINT ZUM GREIFEN NAH, ALS SICH PLÖTZLICH..."
„... ALLES *IN NICHTS AUFLÖST!* UND MIR ENTFÄLLT, WAS ICH TUN MÜSSTE, UM DIE, DIE ICH LIEBE, ZU RETTEN!"
„IN DIESEM AUGENBLICK ÖFFNETE KAHVI MEINEN KOKON, WEIL SIE MICH FÜR SCHNITTER HIELT..."*
*SIEHE „ELFQUEST: KAHVI".
... UND ICH WACHTE AUF. ICH GLAUBE, *SIE* WAR DER AUSLÖSER FÜR MEINEN TRAUM.
ICH MUSS WOHL GESPÜRT HABEN, DASS SIE SICH NÄHERTE.
PUUUUH!
EIN ERSCHRECKENDER TRAUM! SELBST LANGBOGEN KANN DEINEN BESCHÜTZERWILLEN NICHT ÜBERBIETEN!
SIEHST DU, WIE GUT MEIN TRAUM PASST... JEDENFALLS ZU DENEN VON ROTSPEER UND BAUMSTUMPF!
HMMM... WIR REINBLÜTIGEN WOLFSREITER TEILEN WOHL EINFACH DIE-SELBEN ÄNGSTE.
ABER DAS KANN NICHT ALLES SEIN. SONST PASST *MEIN* TRAUM ÜBER-HAUPT NICHT!
DU WIRST ES GLEICH... HÄ?!
SCHNÜFF SCHNÜFF
ABENDROT! DA, HINTER DEN BÜSCHEN! EIN KEILER!
WUFF!

ENDE DES 5. TEILS

GLEICH HINTER DEM GEBÜSCH WÜHLT EINER DER BÖSARTIGSTEN BEWOHNER DES DORNENBERGES NACH FUTTER...
HMPH!
ABENDROT GLAUBT WOHL, FELL IM GESICHT HEISST NUR, NICHT AM KINN ZU FRIEREN!
„VERSUCH'S NICHT ALLEIN, WERFER"!
RUNK RUNK RUNK
NA WARTE!
ICH FANG IHN MIT BLOSSEN HÄNDEN!
CHONK!
DREAMTIME PT. 6
:WINSEL...:
NA LOS, ZITTERBEIN! SEI KEIN HASE!

RUNK
RUNK
RUNK
RUNK
SCHNORCH
HAB DICH!
QUIIIIEEEEE!
HEY!
RRURRHH!
WHOA!
RRRUIIEK!
WHOA, SAG ICH!
SCHNORCH!
WUPF!
GRUNZ
GRUNZ!

UFF!
UFF!
HUU...
RUNK RUNK
WINSEL WINSEL
KEINE ANGST...
HNG!
ICH HAB IHN...
... VOLL IM...
UPF!
... GRIFF!
UHH!
GRUNZ GRUNZ GRUNZ!
SCHLUCK!
YAAAH!

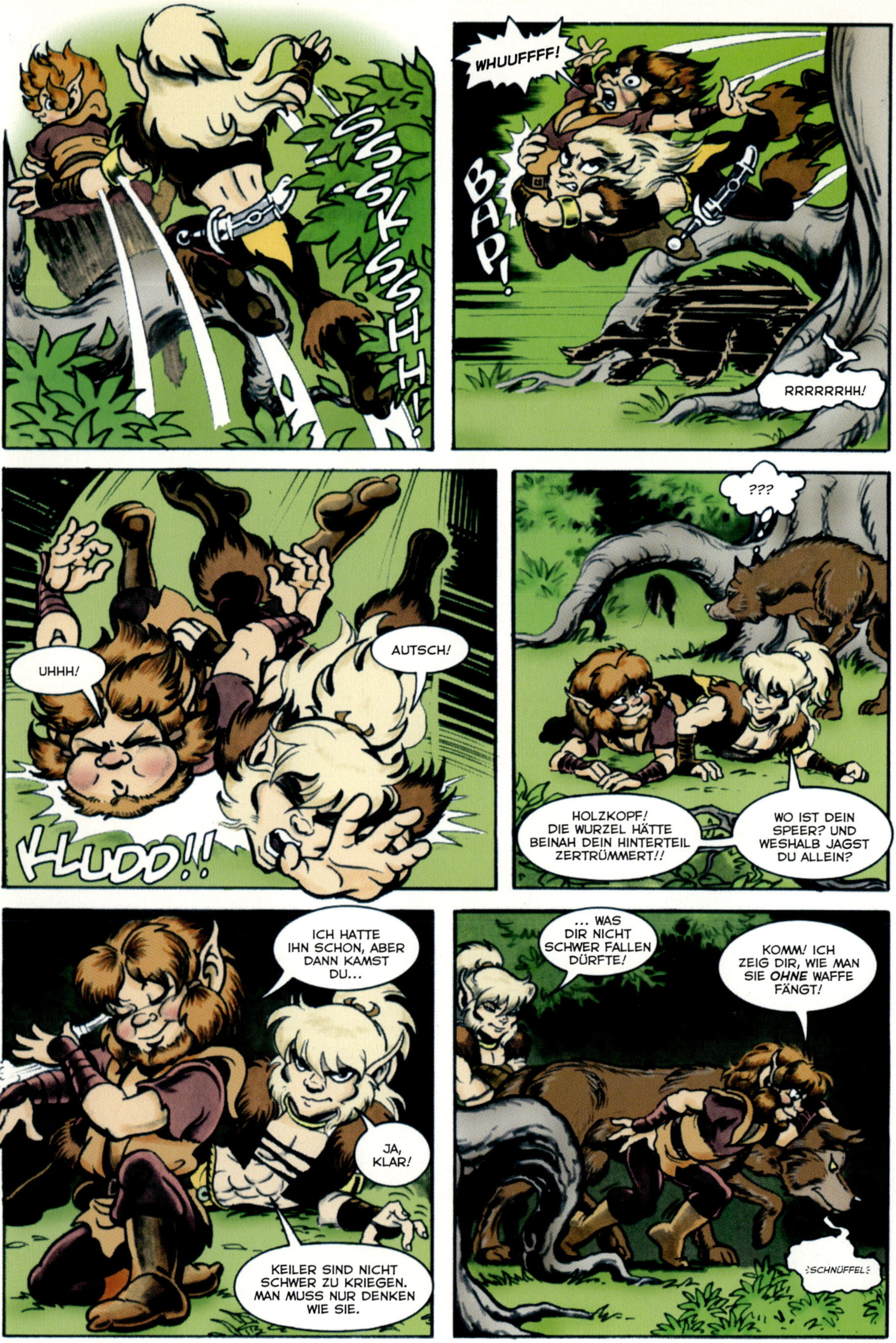
SSSKSSSHH!
WHUUFFFF!
BAP!
RRRRRRHH!
UHHH!
AUTSCH!
KLUDD!!
???
HOLZKOPF! DIE WURZEL HÄTTE BEINAH DEIN HINTERTEIL ZERTRÜMMERT!!
WO IST DEIN SPEER? UND WESHALB JAGST DU ALLEIN?
ICH HATTE IHN SCHON, ABER DANN KAMST DU...
JA, KLAR!
KEILER SIND NICHT SCHWER ZU KRIEGEN. MAN MUSS NUR DENKEN WIE SIE.
... WAS DIR NICHT SCHWER FALLEN DÜRFTE!
KOMM! ICH ZEIG DIR, WIE MAN SIE *OHNE* WAFFE FÄNGT!
SCHNÜFFEL

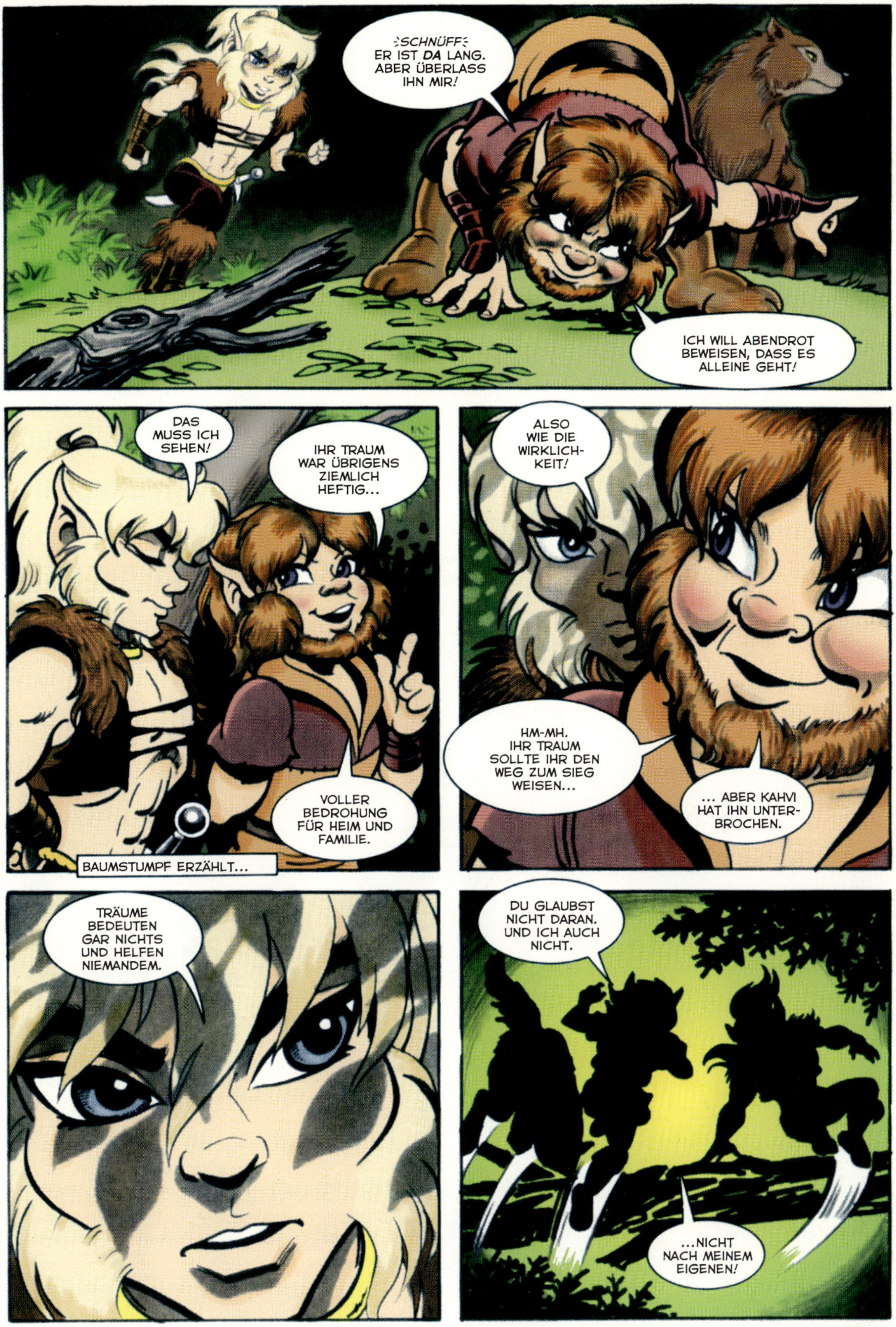

:SCHNÜFF: ER IST DA LANG. ABER ÜBERLASS IHN MIR!
ICH WILL ABENDROT BEWEISEN, DASS ES ALLEINE GEHT!
DAS MUSS ICH SEHEN!
IHR TRAUM WAR ÜBRIGENS ZIEMLICH HEFTIG...
VOLLER BEDROHUNG FÜR HEIM UND FAMILIE.
BAUMSTUMPF ERZÄHLT...
ALSO WIE DIE WIRKLICH-KEIT!
HM-MH. IHR TRAUM SOLLTE IHR DEN WEG ZUM SIEG WEISEN...
... ABER KAHVI HAT IHN UNTER-BROCHEN.
TRÄUME BEDEUTEN GAR NICHTS UND HELFEN NIEMANDEM.
DU GLAUBST NICHT DARAN. UND ICH AUCH NICHT.
...NICHT NACH MEINEM EIGENEN!

„STELL DIR MAL VOR! DIE TROLLE HABEN EINEN GROSSEN BOTTICH VOLL TRAUMBEEREN IN UNSER LAGER GEBRACHT! ALLE SIND BENEBELT VOM FRISCHEN WEIN!"
„ICH TANZE MITTEN IM BOTTICH ZWISCHEN EIN PAAR HALB NACKTEN TROLLSCHÖNHEITEN... DER BEERENSAFT QUILLT ZWISCHEN MEINEN ZEHEN HINDURCH."
„ALLE LACHEN UND SINGEN. ES IST EINE RICHTIGE AUSSCHWEIFENDE ORGIE."
„SCHNORCH! ICH HABE SO VIELE TRAUMBEEREN GESCHLUCKT..."
„... DASS MIR SOGAR DIE TROLL-JUNGFERN SCHÖN ERSCHEINEN!"
„ALLERDINGS NUR, BIS DAS GEKNUTSCHE UND GEDRÜCKE LOSGEHT!"
„AUTSCH! ICH WERDE ZERQUETSCHT WIE EINE BEERE!"

:GRUNZ: MAN DENKE NUR...
PST!
RIECHST DU'S? HIER IST ER ABGETAUCHT!
WIR BRAUCHEN IHN NUR RAUSZULOCKEN!
DANN STECK DOCH DEINEN HINTERN INS LOCH. MAL SEHEN, WAS PASSIERT...
SEHR WITZIG!
WOBEI... VIELLEICHT...
DU MACHST WITZE, JA?
ÜBERLASS DAS MAL DEM FACHMANN!
DER VERSUCHUNG WIRD DAS BIEST NICHT WIDERSTEHEN KÖNNEN!
ICH SPÜRE, WENN ER KOMMT, SPRINGE HOCH UND HAB IHN!
DEIN HINTERTEIL IST ZIEMLICH PFIFFIG, HM?
WARUM ÜBERRASCHT MICH DAS NICHT...?
EINIGE ZEIT SPÄTER...
:SEUFZ: NA TOLL, WERFER. VON WEGEN „... KANN NICHT WIDERSTEHEN"!
GEDULD!
ERZÄHL VON DEN TROLLJUNGFERN...
TROLLJUNGFERN...?
ACH JA, DER TRAUM!
NUN...

„ALSO, SIE ZERQUETSCHEN MICH, JA? UND DER GANZE STAMM LACHT SICH BLOSS KAPUTT!"
„ES GIBT NUR EINEN WEG: ICH MUSS KLEINER WERDEN!"
„IRGENDWIE MUSS ICH DA RAUS..."
„ALSO WERDE ICH KLEINER..."
„... UND KLEINER..."
„... BIS ICH MICH SCHLIESSLICH AUS IHREN UMARMUNGEN WINDEN KANN..."
„... UND MITTEN IN DIESEN LECKEREN BEEREN VERSINKE! MJAMM!"
„DORT BIN ICH JEDENFALLS SICHER."
„ODER...? SIE *SUCHEN* NACH MIR!"
„WENN SIE MICH JETZT MIT IHREN RIESENPRANKEN KRIEGEN..."
RRR...RRUUHRRR...
... WERDEN SIE MICH ENDGÜLTIG ZERMALMEN!

„ALSO MUSS ICH NOCH KLEINER WERDEN.... ICH WERDE SO KLEIN, DASS ICH..."
„... SELBST ZU EINER TRAUMBEERE WERDE!"
KICHER
DUM DIDI DUMM!
BOINK
„SO KANN ICH GANZ EINFACH DURCH EIN KLEINES ASTLOCH IM BOTTICH ENTWISCHEN..."
„... UND LANDE AUF DEM WALDBODEN."
DOINK!
„ABER..."
BOINK!
AHH! DAGE- BLIEBEN! LECKER...
„NEIIN!"
„NEEIIIN!"
NEEIIIN!!

GRUNZ
GRUNZ
RRRUNK!
HUH!
DA IST ER!
POP
HM?!
BOMPH!
REEEEEEEEE!
UUFFF!
... MUTTER...!
NA LOS!
DREH!
WIR BRECHEN IHM DAS GENICK!
SNURT! SNURT!
OH...! ÄH, JA!

ER WIRBELT…
WAAAAHH!
:KEUCH KEUCH KEUCH:
UUHHH! HNGG!
SCHNITTER! LASS DOCH LOS!
DAMIT… ER MICH… AUFSPIESST?!
THOOMP!
NEIN! IN TIMMORNS NAMEN! LASS IHN LOS!
GEHT NICHT…
ICH STECKE FEST! :HNGN!:
ER WÜRDE MICH ZER-FETZEN!
GANZ RUHIG, GANZ RUHIG…
ES GIBT IMMER EINEN WEG!
LENK IHN AB, ICH ZIEH DICH RAUS!

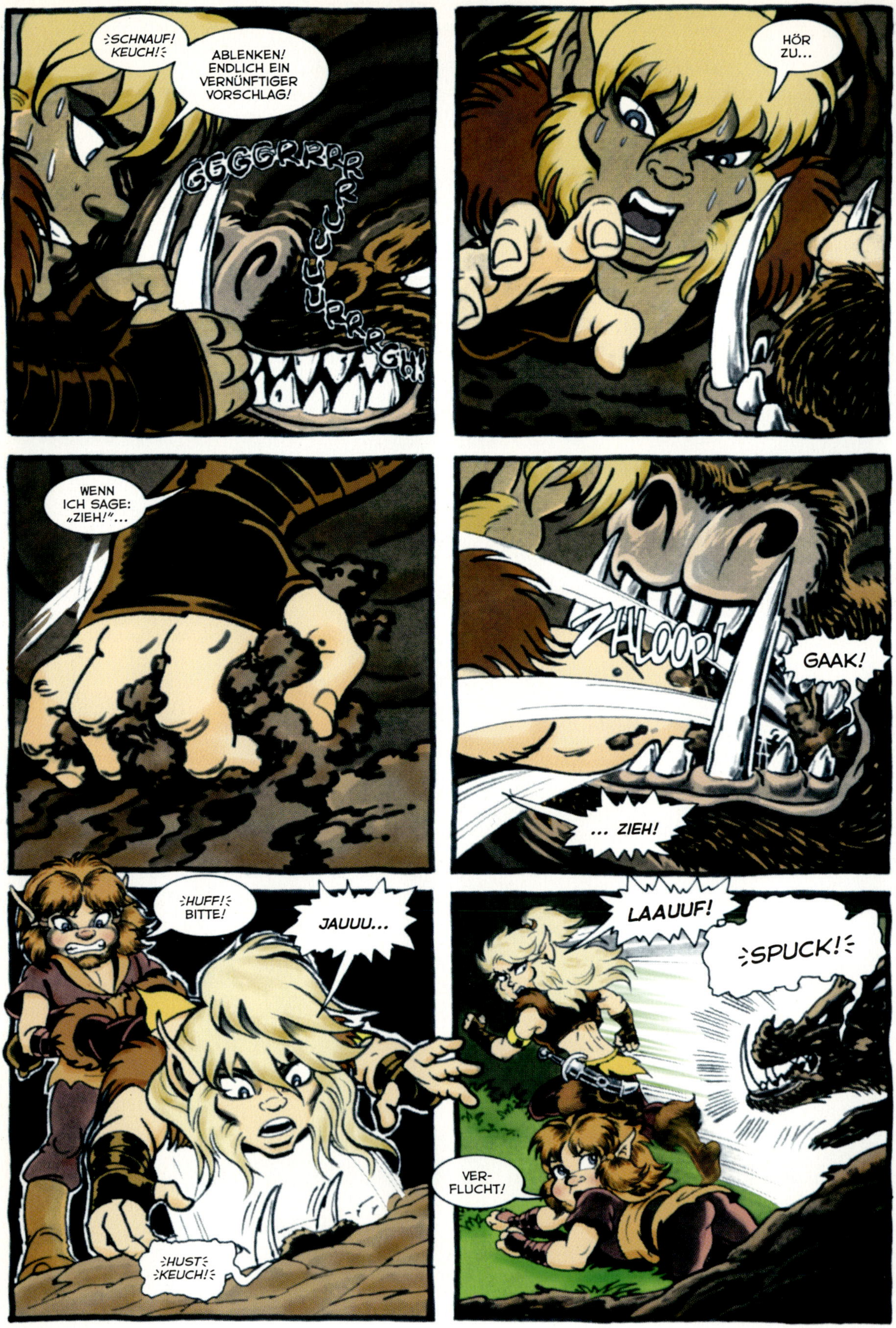

SCHNAUF! KEUCH!
ABLENKEN! ENDLICH EIN VERNÜNFTIGER VORSCHLAG!
GGGGRRRRRRUUUURRRRGH!
HÖR ZU...
WENN ICH SAGE: „ZIEH!"...
ZHLOOP!
GAAK!
... ZIEH!
HUFF! BITTE!
JAUUU...
HUST KEUCH!
LAAUUF!
SPUCK!
VER-FLUCHT!

⁝KEUCH KEUCH⁝
„ES GIBT IMMER EINEN WEG", JA?
IMMER! ⁝KEUCH⁝ DAS HAT MICH **MEIN** TRAUM GE-LEHRT!
GELEHRT? EIN VERDAMMTER TROLL HAT DICH **GEFRESSEN!**
ICH BIN ENTWISCHT!
WIE?
NA, WIE WOHL?
⁝SEUFZ⁝
OH, MIST!
GANZ GENAU SO!
POOT
DOINK
HI! HI! HI!
„GANZ GENAU SO!"

UFF!
RUNTER VON MEINEM BAUM!
LOS!
VERSCHWINDE!
QUUIIIEE GKK!
HÄ HÄ HÄ!
KEUCH KEUCH
WUFF!
HI HI HI HI!
HAST DU WAS VERLOREN?
QUIEK!
SSSHOKK!
KRIM... SKOT! GUT GEMACHT!
DANKE!
UND...
DU SAGTEST, ALLE TRÄUME BEDEUTEN ETWAS, WERFER...
... UND EINES TAGES FINDEST DU HERAUS, WIE SIE ZUSAMMENGEHÖREN.
BIS JETZT HAST DU NUR EINES BEWIESEN...
TRÄUME BESTEHEN AUS DEM, WAS MAN SELBST IM KOPF HAT!
WIRD FORTGESETZT.

VENKA

Jägerin, Kriegerin, Beschützerin gegen mentale Angriffe von Winnowill

Beziehungen:
Tochter von Rayek und Kahvi

Seelenname:
Unbekannt

Status:
Unsterblich

Charakter:
Die kühle Jägerin vom Stamm der Schneeelfen ist die Tochter von Kahvi und Rayek und - wie ihre Eltern - ebenso geheimnisvoll wie attraktiv. Sie wurde von den Wolfsreitern im neuen Land aufgezogen, fühlt sich daher inzwischen auch ganz als eine von ihnen und folgt deren Weg. Trotzdem wurde ihre Neugier hinsichtlich ihrer wirklichen Herkunft geweckt, als sie mit ihrem Vater zusammentraf. Obwohl sie ihm durchaus mit Respekt begegnet, teilt sie seine Auffassungen zumeist nicht und betrachtet ihn als Außenseiter mit zumeist fragwürdigen Ideen. Für die Wolfsreiter stellt Venka mit ihren besonderen psychischen Fähigkeiten inzwischen eine unersetzliche Beschützerin gegen die Attacken von Willowill dar, der außer ihr kaum jemand gewachsen ist.

TYLEET

Sammlerin, Späherin und Wache

Beziehungen:
Tochter von Abendrot und Rotspeer, Gefährtin von Späher und Tauglanz, Adoptivmutter eines Menschen

Seelenname:
Son

Status:
Sterblich

Charakter:
Tyleet, die Tochter von Rotspeer und Abendrot, ist bislang das einzige Kind, das im Stamm der Wolfsreiter geboren wurde, seit die Elfen das Neue Land erreicht haben. Sie ist sehr selbstbewusst und lässt sich stark von ihren Gefühlen leiten. Nichts kann sie wirklich aus der Ruhe bringen. Tyleet zog einst ein menschliches Findelkind auf, bis es alt genug war, um für sich selbst sorgen zu können, und verfügt seitdem über eine für Wolfsreiter ungewöhnlich positive Einstellung gegenüber den Menschen. Im Kampf um die Rückeroberung des zerstörten Palastes der Hohen erlernte sie auch deren Sprache. Tyleet ist eine der beiden Lebensgefährtinnen von Späher, seit die beiden einander erkannt haben.

SCHLOSS DER ERWARTUNG

Es war einmal eine wunderschöne Prinzessin, die sich in den Finger stach und hundert Jahre lang hinter dornigen Rosen schlief, bis sie durch den Kuss eines Prinzen wieder erweckt wurde. Wer kennt diese Geschichte nicht? Aber wer weiß, was aus den anderen Bewohnern des Schlosses wurde, nachdem sich Dornröschen mit ihrem Traumprinzen aus dem Staub gemacht hatte? Dieser Frage nimmt sich die amerikanische Zeichnerin **Linda Medley** in ihrer Serie »Schloss der Erwartung« an.

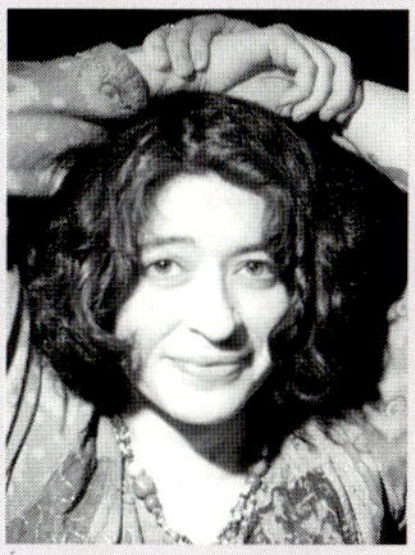

Foto: Julian von Supersnail.com

Im ersten Band, »Der Fluch von Brambley Hedge«, rollt sie die Geschichte von Dornröschen neu auf, wobei sie das altbekannte Märchen ordentlich gegen den Strich bürstet und sowohl mit allerlei Fantasy-Elementen als auch mit einer gut dosierten Portion Humor anreichert.

Die folgenden Bände erzählen märchenhafte Geschichten mit Geistern, Kobolden und sonstigen Fabelwesen, die sich rund um das legendäre, von der riesigen Dornenhecke umgebene Schloss der Erwartung abspielen.

Mit ihrem klaren und übersichtlichen Zeichenstil und ihrer ruhigen Erzählweise reiht sich Linda Medley in die Reihe der ganz großen Erzähler der Comicgeschichte ein, die Leser jeden Alters und beiderlei Geschlechts zu begeistern vermögen. 1998 erhielt sie für »Schloss der Erwartung« die Eisner Awards für die »beste neue Serie« und für »das Talent, das weitaus mehr Bekanntheit verdient«.

Im Carlsen Verlag sind bislang zwei Bände erschienen.